너의 서쪽은 나의 동쪽이 된다

이용우 시집

너의 서쪽은 나의 동쪽이 된다

지혜

시인의 말

용서하시라!

李가

이 도둑놈을,

2024년 2월 詩飮채에서
이용우

차례

2부　놈의 사랑타령

3부   놈의 개똥철학

4부 놈, 놀다

- 일러두기

페이지의 첫줄이 연과 연 사이의 띄어쓰기 줄에 해당할 경우 >로 표시합니다.

1부
놈, 시인 다 죽이다

서시
— 10번만 천천히 읽으시라

시

좋

다

광기狂氣

농약 먹고
미쳐 날뛰는,

게거품 물고
어머니가 내민 물을 벌컥대다
다리 밑 작은 동굴로 숨어 든
슬픈 짐승,
죽은 개를 묻어 준 적이 있다

저녁 잠을 청하는데
불현듯 시상詩想이 발광한다

깊고 푸른 밤이
하얗게 죽은 아침,
그 무덤 앞에
시가 꽃다발처럼 놓였다

수상 手相

칼을 주시오

명예名譽의 길
막혔다면
찢어 트고

삽을 주시오

복福 줄기
벼랑으로 흐른다면
태산을 퍼 막으리니

늙은 철학자여,
운명과는 싸우는 거외다

똥만 보이는

뭐 눈에는
똥만 보이고

뭐 눈에는
황금만 보이나

뭐 눈에는
詩만 보여야 하리라

황금을 봐도
똥으로 보는 깨끗한 눈이여

똥을 봐도
詩로 보이는,

詩가 밥이 되는
그대 이름은 시인이라

공짜에게
― 飮馬投錢을 풀다

푸른산
삽작 퍼
바지게에 얹혀 주어도
지고 갈 수 없소

맑은 강물
다 퍼
항아리에 채워 주어도
이고 갈 수 없소

산은
눈에 담고,

강물에
기껏
조약돌 하나 던졌으니

손박 떠
마실 물이면 足하오

가을이 힐긋 보이는 여름 언덕에서

요즘
팔순은 되어야
나이를 말할 수 있는 시대

한 노인이 물었네
'이군李君, 나이가 몇인가?'

'가을이 힐긋 보이는 여름 언덕입니다.'

'허허허…
이순을 겨우 넘겼구먼. 좋은 때야.'

이 날
나는,
여름 미루나무처럼 푸르렀다

무서운 놈

늑대의 송곳니
전갈의 독침

내 입안에
다
있다

대꽃

불혹 등단도
한참 늦었다 넋두린데

어쩌려고
이 몸은 이순耳順인가?

어쩌것나
대꽃은 백 살에 피운다 하니

청엽青葉의 뜻
절절이 펼쳐 보일 수밖에

똥줄

나의 시는

똥줄 타
냄새 고약한,

한 덩이
똥이거나

똥구녕의
쓰라림이거나

문패도 없는 사내

대문이 없는 집
문패가 있을 리 없다

내 집도 아니니
문패를 건다는 건 언감생심이다

신궁 2길,
남향으로 늘어선 집 대문마다
문패가 햇살에 눈부시다
문○○, 국☆☆, 노▽▽…
울타리마다 꽃피고 이울며
못 박혀 바래어 가는
이름 석자들, 고만고만하다

매양
덩그런 제비집 같은 사내가
평택강 따라 흐르고 있다

매화틀

내 얼굴은 용안
밥상은 수라상이라

내 몸은 옥체
똥은 매화,
내 이동식 비단 용변기는
매화틀

볼일이 끝나면
뒷목 상궁은 얼굴을 들이밀어
매화꽃 색깔을 살피고
그 향기를 맡으며
어의는 손가락으로 찍어
똥맛까지…

욱,

\>

그래 난 왕이다
어쩔 건데

바라다

꼴찌가 웃고
그 웃음,
으뜸이 멋지다
엄지 척하고
버금이 손뼉 쳐 주는 세상

꿈

꿈에는 가난이 없다
하늘을 날게 하고
물의 길을 가게 한다
꿈은 영靈의 언어이나
물리적 언어는 벌레의 소리다
창조적 사람은
신神과 닿아 있으나
꿈이 없는 사람의 신神은
옛 사원 문에서 구걸을 한다
꿈꾸지 않고 사는 천 년보다
꿈꾸는 하루를 사는 게 낫다
꿈은 불가사의다

만추의 외출

낙엽 진 거리에
쓿은 백미 웃음 띤
한 욜드*가 서 있네

깃털 세운 싸움닭이다

* Yold, 'Young'과 'Old'를 합성한 젊은 노인이라는 신조어이다

숲길

언덕 너머
문학 숲길 따라

우보牛步의 미학으로
걷고 또 걷는다

게딱지만한 오막살이
제멋에 겨워 가는 길

햇싸라기 색실 잣아
송이 젖가슴에 내려앉고

시인의 마음
달샘처럼 깊어지어라

꿈속에서

췌장암 말기라니
앉은벼락이다

별빛,
그 서늘한 푸른빛 등지고
마을 어귀를 서성거렸다

뜻밖에
풋낮의 사람이
내 손을 포개어 잡았다
솝떠온 응어리…

살고 싶어!

스카프를 두르지 않아도 당당한 가을나무 같은
여자들과

동그란 눈으로 글을 짓는 짐승들이 사는
이 지구별에서
달빛 굴리는 쇠똥구리처럼

끙,

하얀 변기통,
똥짜바리* 까고 앉는다
구부정한 허리
가지런히 두 손 깍지 끼고
끙,
똥자루 완행 타고
내달리는 순간을 위하여

두 눈은 지그시 감아야 제격이다
온몸 전율하는 체위다

* 엉덩이 혹 똥꼬의 방언이다

잠의 꽃

잠들면
그곳이 관棺 속이지
그게 죽음이고

죽음은
사라지는 게 아니다
그 어떤 것과의 매몰찬 이움이다

아,
잠은 달고
그 얼마나
화려하고 무궁한가

관보 위에 이슬처럼 내려앉는,

푸른 숨소리
고요하다

시간의 도

시간만
한
장사꾼이 없다

에누리, 얄짤없다

관계

믿거니
하지 마라
산통 다 깨진다

그냥,
그저 사랑하라

권세

까불지 마라

기세등등 푸른 칡도
된서리 한방에
훅, 간다

아름다운 동행

몽당연필이
볼펜 깍지

만나,

늘그막
해로하였다

2부
놈의 사랑타령

낮에 핀 달맞이꽃

은근짜 같은
여자

살포시
안아보고 싶다

너무 외로워

가을이 내게 왔다
너무 외로워
물푸레나무에게 가 끌어안았다
무수한 잎이 떨어져
나를 때렸다

그녀는
그리 울고 있었다

너에게

그대
떠난 날

달을 보고
울다
낮달도 보았다

너의 서쪽은 나의 동쪽이 된다

너와 내가
마주 바라볼 때
너의 왼쪽 눈은
나의 오른쪽 눈을 본다

너의 서쪽은
나의 동쪽이 되고

그 사이에 섬이 있다지

너에게 슬픔의 달이 떠오르면
나에게 있는 해의 밝음을
전해주려니

내 은빛 그리움도
물이랑 따라

야자수 해변으로 가리라

너는
어느 봄꽃으로 마중할까?

나는 그대를 종종 잊습니다

나는
아침 해 솝뜨는 바다 마을
자작나무 분질러 지은 작은 집
타오르는 촛불입니다

언제나
하늘은 푸르게
바다는 은빛으로 출렁이나니
그대 안에 내가 있는 까닭이겠지요

내 안에 그대가 가득하여
종종 그대를 잊기도 하는,
이 찬란한 슬픔은

차오른 달빛의 은유이고
용서를 비는 나의 기도입니다

꽃차

내가 너의 슬픔을 마실 때

너는 그 뜨거움 속에서

배시시 웃는다

알코르 별이 될래

별이 되어야 한다면
북두칠성이 될래
미자르 발치에 있는
여덟 번째
별,
알코르 말야

사람들이 모르는
별,
네 곁의
봄맞이꽃 같은

솟대

기다림
으로
낡아가는
새

숨죽여 우는
그녀

가을이다

가을 몇 잎

길 위에서
가을 몇 잎 데려왔다

책갈피에 끼웠다

그리움 녹아들면
편지 쓸 거라며

그리고
까맣게 잊었다

가을앓이

온통
너에게 무너졌던
그날처럼

내 마음
절벽처럼 무너지고 있다

그대란 꽃

그대는
이름을 불러주지 않아도
어여쁜 꽃이다

눈먼 꽃이요
귀먹은 꽃이다

물망초
하늘 물빛으로
무엇인가 바라보면
그 무엇이 되는,

그대인 듯 내가 보이는,
미운 듯 좋아라 죽는
나의 꽃이다

그대 아랫입술에

둘이서
사랑을 마신다

연거푸
설렘을 따르고

살짝 부딪혀 볼까
쨍그랑,
심장이 부서지면 어쩌지

그대의 아랫입술에
나의 입술을 동그랗게 대고
뽁,
당겨 볼까

움쭉달싹…

\>

마음 취한 잔에
연지臙脂 자국만 별빛이다

그리움

몸
깊숙이
심지 하나
묻고

너를 향해
피운
붉은 꽃이어라

또르륵

김서린 유리창에
너의 이름을 그린다
또르륵… 뭘까?

무심결에 그린,
시리움이 손끝을 찌른다
또르륵… 뭘까?

손날을 동그스름 말아
너의 이름을 지우고
사랑도 지운다

또르륵 또르륵…
뭘까?

허우룩한 마음에
비꽃이 또르륵 내려앉는다

내일

세상에서
가장
먼
머언 날

태양을 한 바퀴 돌아도
아니 오시고
달력에도
없는
먼
머언 날

당신을
만나
걷고 싶은
기린 목 같은
내일

장맛비 연가

장맛비 내리고
나무들 말을 잊었네
엉덩짝 적시던 누렁소,
그 눈망울 유리창에 어리는데

처마 끝
비를 피하는 나뭇가지
그 위에 어미새가 새끼를 품고 있다

함씬
젖어진 마음

푸른 갈대 사래길 따라
토란잎 잘라
마중 가고 싶은 사람

>

속절없는 장맛비에

찡, 콧날에 물꽃만 피어나네

풀꽃, 역설

눈감고 보아도 예쁘다

첫 눈에
퐁당,

빠뜨린
너

첫사랑

다붓다붓
봄꽃 피어날 때

촌것이
촌 것 같지 않아
해사한 대처 가시내 같아

벤자민 샛잎 같은 가시내
4월 바람되어
손목 한 번 스쳐보지 못하고

첫 눈에
훅
갔다

이후

가시내 들창 가에
달꽃 넝쿨 푸르게 뻗었다

오지 않는 사람

간이역
레일 위로
밤새 내려앉은
이슬,

빠알간 꽃이 되었다

헤픈 여자

세 사내가
늦가을에 핀
한 송이 장미에
번갈아
코를 박고
킁킁 거렸다

아냐,
셋 다
홍당무다

헤픈 년

봄까치꽃

남해의 마늘밭
간지럼 자지러졌다고

조붓한 논두렁에
봄을 배달한 양지꽃,

여민 옷고름 풀어
깨끔한 하늘빛 꽃이 되었다

걸음새 인기척에
헤픈 듯 웃어 보이지만

쪼그린 무릎으로 마중받는
나의 색시여

연모戀慕
— 허수경의 '폐병쟁이 내 사내'를 읽고

맛깔 데인 잎차처럼 눕고 싶다
피땀 절은 무명천 두른
그녀의 앙상한 무릎에

폐병쟁이로
이 하루만 살아
그리할 수 있다면

눈빛 벼린 도끼날처럼
미친 듯 타오르게 만들어
그녀의 알뜰한 고통 들이키다가

전장戰場의 병사처럼
유월 숲에 스러지는 노을 따라
잠들고 싶다

3부
놈의 개똥철학

달이 하는 말

그냥,
살아

가풀막 오르며
징징대거나
마루에 섰다
깝죽대지 말고

그, 또한 지나가잖아

죽훈竹訓

동자는 숨어
먹을 갈고

푸른 댓바람
절절히
글읽는 소리

길 가는 나그네
귀동냥하여

칸칸이 채워놓은
시무언視無言
대쪽 같다
하네

좌座

히말라야에 가면
몇몇이 정복한 14좌座가 있다
언감생심

제국에는
오직 하나의 권좌權座가 있다
유일무이

범인凡人들이여,
기뻐하라
묘좌墓座에 곧 앉으리니
만고불변이지

불면

예를 들어
불면은
해가 지지 않는 백야
같은 거고

그 근원은

홧병이거나
열병이다

홧병은
자신을 태우는 불이고
열병은
꿈을 이루는 불꽃이다

그림자

몰아치듯
정신없이 사느라
그만
그림자를 잃어버렸습니다

한참을 기다렸더니
홀쭉해진
그림자가 찾아왔습니다

그런데
영혼은 아직 도착하지 않았습니다

얼마를 더 기다려야
할까요

나무의 유언

나 늙거든,

시멘트 처 먹이고
주삿바늘
꽂지 마라

그냥
내 명대로 살란다

밥

쌀은
무정부주의!

밥은
가마솥에 갇혀
장작 불에
눈물을 삼킨
그 어떤 목숨이다

누군가의
밥이 되려면

달궈지고
펑펑 울어야 하는,

밥심이 천심인 까닭이다

봄이 왔다

그대는
무심결에 왔는가?
나는 작심하고 맞았다

그리움 벼려 날 세운
들녘에

그대는
엉덩방아를 찧고서야
허리춤을 풀고 오줌을 누웠다

노루귀가 뱅긋 웃었다

대나무 예찬

대竹는 나무도 아니고
자랑할 꽃도 없으나
그 푸르름 청청하구나
순이나 따 먹고 울타리 기둥 밖에 더 되겠는가?
흰 눈 내린 대밭을 보고 또 보노라니
그 매듭마다 한지에 휘갈긴 팔뚝 같고
댓잎은 창공을 휘젓누나
대통 속 오곡밥은 약이 되고
장인의 손을 타니 공예 또한 걸작이라
속 비운 담백함에 파죽지세여니
마땅 비불比不이라
군자 중에 군자로다

중환자실에서

길을 잃고
집안으로 날아든 참새
벽뿐이다

빗자루 몰이에
쿵,
바닥에 고꾸라졌다

손 안에서
뜨겁게
콩닥거리던
작은 심장,
그 소리 알아듣는데 육순六旬이 걸렸다

엄마가 보고 싶다는,

연꽃

연못 터지도록 내뻗는
새파란 욕망,

두렵다

저 꽃,
꼬리가 아홉이다

홍매紅梅

지난겨울
아기별이 죽었다

나뭇가지마다
피를 토하는구나

종다리 우짖음
묵정밭에 수런수런
여울지고

기별꾼은
남녘 담을 넘거니
낙화에 붓끝이 먼저 꽃물 드네

민들레

길을 갑니다
돌담 틈에서 선생님을 만났습니다

말없이
가르침을 주시는,
그저 바라만 보아도
참 많은 것을 가르쳐 주시는 선생님

최고의 가르침은
미소입니다
쓰디쓴 약초 뿌리 같은 가르침입니다
한 보퉁이 쌈 싸 먹는
가르침입니다

이름도 예쁜
민들레
우리 선생님

대추나무

갈 하늘 동그마한
다갈색 열매들이
쪽진머리 움켜쥐고
햇살과 이슬 사이를 밀당한다

새들 노랫소리
생쥐 살그미 드나들고
천둥소리에 가슴 울렁대던 차

작대기로 후들겨 맞아
주름살 깊어지고
센불로 울키면
영락 단맛,
숨은 향을 토해내고

그예
따뜻한 차를 마신다

천기누설

산에 들면
신선神仙을 만난다기에
오르다 힘겨워
발에 채인 도토리 하나
달랑 주워 들고
집에 왔다

책상 위에 올려놓고
톡, 치니
갈지자 행보
가소로워
웃는데

그 속에서
왈왈ㅂㅂ대셨다

>
어이쿠!
무릎 꿇었소

나목裸木

훌러덩 벗고
겨우내
묵묵히 견디는

저 나무

강한
병사다

입방정

참새 한 마리가
여물을 얻어먹고는
소머리 위로 사뿐 올라앉아
조동아리를 나불댔다
'내 고기 한 점이 네 고기 한 근보다 낫다'
그날 저녁,
소등 타던 이 집 소년은
참새구이를 아작댔고

외양간 소는 이 일을 곱씹었다

동창회에서

저 녀석,
방귀깨나 뀌었는데…

지금?

방귀나 뀐다고
마누라 구박 처먹고 살 걸

낯부끄러운 일

지렁이는
땅 속 집을 버리고
길바닥에서
느으으으으으으
리게 기고

갯마을 파도꽃은
아득한 해원海圓 너머부터
어둠을 밀고 달려와
부서지는 사화死火가
아니더냐

시부저기
행한 것으로
다함을 말하지 마라

낯부끄러운 일이다

호박죽

희나리 터지는 갈볕에
펄펄 끓는,
늙은 호박을 만져본 적 있느냐?

앓는 소리

호박죽 한 사발이
괜히 약이겠는가!

여명

곱쌓인 밤의 기둥들
사내가 도끼를 내리치고 있다
山이 화들짝 길을 터주고
섬광閃光 하나가
쿵, 가슴을 쳤다

나뭇잎 만한 희망이
내게 왔다

해빙

쩌엉 쩡…
겨우내 배를 부풀리더니
자궁이 수축을 시작한다

태아의 마지막 몸짓이 시작되자
분홍빛 이슬이 맺히고
초보 엄마의 배가 으르릉대며
수중 분만 중이다

쩌엉 쩡,
기괴한 비명에
허리 꺾인 갈대는 파들대고
하늘이 잠시 노래지더니

산야에 봄을 싸질러 놓았다
몸 푼 강은
바다를 향해 뒤척거리고

떡갈나무

한 알의 도토리,

그 안에
떡갈나무
서
있다

4부

놈, 놀다

꿈에 간 고향

날 저물면
고향 가고 없다

둥근 멍석에
옹기종기 모여앉아
얘기꽃 피우다
날새니
타향이구나

단풍

이 산 저 산

미쳐 날뛰는 년

찾아

헤매다 돌아오니

집 앞 은행나무

쳐다보지도 않더라

불볕더위

폭염,
다 죽일 듯 싶어도

나무는
푸르게 자라지

무논 벼포기마다
배 부풀어 오르지

저 촌로
목침 베고 낮잠 자지

머잖아

너,
뒷목 잡고 넘어갈 걸

꽃, 꽃은요

꽃, 꽃은요
다 알아요

물이 필요한 게 아니라
엄마 손 같은 비가 필요하다는 걸

유리 에운담이 아니라
흔들어줄 바람이 필요하다는 걸

알전구의 낯내는 빛이 아니라
햇살의 붉은 입술이 필요하다는 걸

찔리고
꺾이고
하얗게 태워지고
때로 겨울강처럼

온몸이 얼어야 한다는 걸

꽃, 꽃은요
깜냥껏 알아요

잠비

해도
고단한 듯

오늘은
구름 이불을 머리끝까지
뒤집어쓰고

달콤한 늦잠을 잔다
아이처럼
허리끈을 풀어놓았는지
오줌을 지린다

후드득
꽃내 비릿하고

새들도 아침 제의祭儀를 잊은,

\>

들녘의 적막이
그릇의 노래*로 물결 져 흐른다

* 싱잉볼 singing–bowl 의 어원을 그대로 가져왔다

어렵다

아침에 일어나
방귀만 맛나게 뀌어도
한 날이 행복하다

고것, 참
어렵다

하늘 길

하늘을 본다
보고 보고
또 보면
송곳 같은 시선이 날아가
구멍을 뚫는다

길을 따라
달려가면
숲이 보이고
숲을 지나고
숲에 있다
별나무 숲, 강에서
놀다

파랗게 옷을 적시고
돌아오는 길을 잃어버렸다

잔칫날

오일장 전날 저물녘에
'잘 먹여!'

어머니 우신, 날
찔레꽃 지고
소는 콩여물에 입도 대지 않았다

무하유지향*

거동이 불편하신
95세 노인, 휘광輝光하다

자식들 나듦이
반색인데

짐짓 정색하고
툭,
'숨 쉬는 게 큰 죄로구나'

오호라!
나란 놈은
헐떡대며 죄를 짓는구나

* 無何有之鄕은 장자의 〈응제왕〉에 나오는 말로 이상향을 의미
한다.

밥짓기

쌀을 앉히고
불을 지폈습니다

쌀이 뜨겁다고
게거품을 물고 아우성입니다

솥뚜껑을 열고
쉿!

구멍 숭숭한
차진 밥을 푸는데

게들은 보이질 않습니다

도마 향기

캄포목木으로 도마를 만든다

두 손 모은 여인상,
톱질 때부터 재채기가 시작되고
사포 마름질 알뜰히 오가면
김장날 뒷끝 냄새가 난다

첫물 고추 살뜰히 말리고
추녀에 매단 육쪽마늘 몇 알 비틀어
누이한테 보내셨던 어머니,
구절초 담홍색 꽃 꺾어
어머니 무덤가 서니
'아범, 자네 올 몇이지?'
구절초처럼 맑게 흔들리셨다

그날 저녁

도마를 치는 찬비饌婢의 뒷모습이
노을꽃처럼 붉다

사모곡

달빛은 흙담길을 하얗게 밟고 가고
빗방울은 낙엽을 밟고 갔습니다
파도는 어화漁花를 밟고 가고

봄은 꽃샘을 밟고 왔습니다

아, 어머니
나의 달빛이었고
빗방울이었고
파도였고
봄이었습니다

보리싹 지긋이 밟고 가신
사계의 청풍淸風이었습니다

겸손

우리 집 벼들이
고개를 떨구는 까닭은

새끼들 잘되라
시장 바닥에서 팔만 번 머리 숙이던
어머니의 잠언을 깨쳤기 때문이다

장다리꽃

무근, 뒤틀린 뿌리가 되어
꽃을 피우다

뻣대 배긴 이파리
무청도 될 수 없는

하얀 절망으로
땡볕 똬리를 틀어 이고
끝내 씨앗을 품는다

나비와 춤을 추는
오월 남새의 날개여

뙈기밭 한 이랑 내어준
노을빛 가난으로
아낙의 해거름이 뜨겁다

하느님의 익살

한 소녀가 호젓한 시골길에서
소나기를 만나
정자나무로 몸을 피했다

비 좀 그치게 해 주세요

하느님은
소녀의 기도에
우산 쓴 소년을 보내주셨다

얼마 후
정자나무 앞에
하느님이 비를 맞으며 두리번거리고 계셨다

레비게이션

사내의 시선이 머무는 자리까지

(툭, 던지는 여자의 예감…)

순간
한 눈 팔아
외도外道를 해도
풀치는 목소리

그녀의 앙탈에 헛심도 빼지만
맵시도 내주며
믿고 동행하는 건

작은 것을 고집하지 않는
조강지처여서라나

>
뜨막한 터치에도
까르르 넘어가 험한 길 헤쳐가고
끝내는 사내의 발치에
후드득 지는 여인아

망초꽃

흙내 맡고 새끼치던 벼포기
물 떼는 아우성에
아내의 하얀 웃음이
논두렁에 다소곳 앉는다

지천으로 피워도
꺾어가지 않는,

행여
먼 데 손님이라도 올세라
낡아진 장화 속으로
여명을 밀어 넣고 일어선다

종일 도리깨질 소리
꽃향기 흩날려도…

\>

주저앉은 짐수레 바퀴처럼

쪼그라든 가슴에

개구리 울음소리만 차오른다

갈꽃, 문살에 피다

초가집 뒤란 장독대
살살이 꽃잎 곱게 흔들릴 때

천 년의 찬물 한지
닥풀 처발라
말갛게 씻긴 살대에 입히다

문살 위에
햇살 내려앉고
꽃잎이 넌짓 숨어들면
피마자로 멋낸 어미의 쪽진 머리
은비녀에 가을이 피어나다

띠살문 꽃잎 같은 누님이
읍내로 시집가던 날
살대에 걸린 손톱달이 낭창거리고

한지를 흔드는 귀뚜라미 울음
꽃잠이 향기롭다

꽃의 귀뜸

꽃은
花無十日紅을 가르치는가?

천만에요!

늙어
분홍 팬티가 부끄러운
어머니도
한 때는
꽃이었다는 것을

어머니도 엄마가 보고 싶으셨다

백세수 어머니가 운명을 맞고 있었다
자손들과의 작별 인사,
감긴 눈에서 눈물이 귓가로 흘러내렸고
마지막 긴 호흡과 함께 눈을 뜨신
어머니가 두리번거리셨다
팔순 아들이 물었다
'어머니 누가 또 보고 싶으세요?'
소녀의 부끄러운 눈망울로 말씀하셨다
'엄마가 보고 싶어. 엄마가…'

여자 여자, 그 여자

아담하고
깊이를 알 수 없는 여자
속살이 말간 여자
붉은 태양, 검은 달을
젖가슴 유두에 매단 여자
배꼽에 밑단을 두른 여자
철이 없어 늙지 않는 여자
꽃이 되고 별이 되고
강물이 되는 카멜레온과 같은 여자
내 여자다 싶으면 바람처럼 사라졌다
불현듯 찾아와
교태로 벗겨놓고 애무하는 여자

늑골 쪼개 간을 **빼**주고 싶은 여자

난, 바람난 수캐다

詩는 본디 그 짧음이 格이고 맵시다

한 인 숙 시인

詩는 본디 그 짧음이 格이고 맵시다

한인숙 시인

용서하시라!

李가

이 도둑놈을,
— 「시인의 말」 전문

'시인의 말'은 가히 혁명이다. 이 얼마나 정직한가?
시인은 나에게 그의 방을 한 번은 꼭 보여주고 싶다며
그의 시랑詩欲채로 초대했다. 시인은 동생 집 추녀 끝
에 판넬로 제비집 짓고 얹혀살며 청빈한 삶을 살고 있
었다. 그의 작업실은 2층 옥상 한 귀퉁이에 만든 두
어 평 남짓 되는 방이었는데 단정하고 깔끔했다. 돈

한 푼 들이지 않고 손수 지었다는 방에서 풍기는 대추
차 향기가 시인처럼 정갈했다. 방을 만들 당시 하 좁
아 많은 걸 버렸고, 잠은 창가에 매단 조금 큰 관짝
(「시인의 말」)에서 자며 매일 죽고 부활하는 연습을 한다
고 했다. 그랬다. 시인은 「잠의 꽃」에서 "잠들면/ 그곳
이 관槍속이지/ 그게 죽음이고// 죽음은/ 사라지는 게
아니다/ 그 어떤 것과의 매몰찬 이움이다// 아/ 잠은
달고/ 그 얼마나/ 화려하고 무궁한가// 관보 위에 이
슬처럼 내려앉는// 푸른 숨소리/ 고요하다"라고 노래
한 것처럼 가난했으나 자유로웠고 푸르렀다. 술도 마
시지 않고 담배도 피우지 않는 시인에게 사람들은 무
슨 재미로 살고 어떻게 시를 쓰냐고 묻는다 했다. 그
는 이순 넘어 배운 시에 대한 광기가 있다고 했다. 시
인의 말에 의하면 종종 자신의 머릿속에서 시도 때도
없이 차오르는 시상을 향해 제발 마실이라도 가버리
라며 몸부림쳤다 하니 아, 그저 부럽지 않은가?

　　농약 먹고
　　미쳐 날뛰는,

게거품 물고
어머니가 내민 물을 벌컥대다
다리 밑 작은 동굴로 숨어 든
슬픈 짐승.
죽은 개를 묻어 준 적이 있다

저녁 잠을 청하는데
불현 듯 시상詩想이 발광한다

깊고 푸른 밤이
하얗게 죽은 아침,
그 무덤 앞에
시가 꽃다발처럼 놓였다
―「광기」 전문

  시인은 전에 습작한 것들 대부분을 불태워 그 기록
이 없다고 했다. 이 시집에 실린 대부분의 시편들은 3
개월여 동안에 지은 것들이라고 했다. 「광기」에서 보
여준 것처럼 시인에게는 광기가 있다. 그 광기로 시를
짓는 것이다.

이용우 시인은 "詩는 본디 그 짧음이 격格이고 맵시다"라고 「나는 까막눈이다」에서 말한다. 문학계에 문외한이었던 새내기가 첫 번째 시집 『너의 서쪽은 나의 동쪽이 된다』에서 시 형식에 대한 명쾌한 정의를 내렸고, 이어 날밤을 하얗게 까면서라도 자신만의 시풍을 펼쳐가겠다는 야심까지 드러내고 있다. 그의 처녀 시집에 실린 시편들은 15행을 넘는 시가 없다. 간결하고 단정하며 절제된 울림이 있고 교훈적이다. 늦깎이로 시를 시작한 시인은 부지런하고 열정적이고 누구보다 노력한다. 수많은 시집을 필사하고 분석하고 시가 되는 것들의 진정성과 의미를 찾고 자신의 것으로 만드는 작업을 꾸준히 한다. 대상에게 말을 걸고 품을 넓혀 마음속 깊이 잠재되어 있던 의식을 건져 올린다. 시를 통해 통증과 상처를 극복하고 치유한다. 시인의 시 세계는 다양하고 폭이 넓다. 대상에 대한 인식과 진술, 묘사, 함축을 통해 독특한 세계를 그려낸다. 다분히 상투적인 주제도 따뜻하게 만들고 호흡하게 만드는 힘이 있다. 이용우 시인만의 상상력을 역동적으로 펼쳐 이미지를 확장하고 자기 성찰의 기회로 삼는다.

칼을 주시오

명예名譽의 길
막혔다면
찢어 트고

삽을 주시오

복福 줄기
벼랑으로 흐른다면
태산을 퍼 막으리니

늙은 철학자여,
운명과는 싸우는 거외다
　　　―「수상手相」전문

　시인은 강건하다. 불우했던 가정환경 때문일까, 아
니면 타고난 천성 때문일까, 가난한 가정의 열한 자
식 중 아홉 번째로 태어났으나 맏이처럼 살았고 자신
보다는 주변을 먼저 배려하는 법을 일찍이 배웠다. 고

등학교 시절에 기독교에 입문했고 젊은 한 시절에는 손수 판 토굴에서 잠을 자고 공부와 기도 생활을 하며 믿음과 의지를 굳혔다. 「수상手相」이라는 시에서 엿볼 수 있듯 "명예名譽의 길/ 막혔다면/ 찢어 트고// 복福 줄기/ 벼랑으로 흐른다면/ 태산을 퍼 막으리니"라고 말하며 "운명과는 싸우는 거"라고 외친다. 이처럼 시인의 삶은 강하고 거침이 없으며 운명에 굴복하지 않고 운명을 거슬러 스스로 개척하겠다는 의지를 보이고 있다. 이러한 의지를 담은 시 「대꽃」에서 시인은 "어쩌것나/ 대꽃은 백 살에 피운다 하니// 청엽靑葉의 뜻/ 절절이 펼쳐 보일 수밖에"라고 노래한다.

백세수 어머니가 운명을 맞고 있었다
자손들과의 작별 인사,
감긴 눈에서 눈물이 귓가로 흘러내렸고
마지막 긴 호흡과 함께 눈을 뜨신
어머니가 두리번거리셨다
팔순 아들이 물었다
'어머니 누가 또 보고 싶으세요?'
소녀의 부끄러운 눈망울로 말씀하셨다

'엄마가 보고 싶어, 엄마가…'
―「어머니도 엄마가 보고 싶으셨다」 전문

　젊던 늙었던 자녀에게 있어 모든 어머니는 그리움의 대상이고 절대자이며 애틋한 존재이다. 어머니는 존귀하고 아름답고 그 품은 위대한 우주이기도 하다. 운명을 맞고 있는 백세수 어머니도 엄마가 보고 싶은 것은 인륜을 넘어 천륜이 아니겠는가? 시인은 많은 작품 속에서 어머니를 그려냈다. "문살 위에/ 햇살 내려 앉고/ 꽃잎이 넌짓 스며들면/ 피마자로 멋 낸 어미의 쪽진머리/ 은비녀에 가을이 피어나다"(「갈꽃, 문살에 피다」), "꽃, 꽃은요/ 다 알아요// 물이 필요한 게 아니라/ 엄마 손 같은 비가 필요하다는 걸"(「꽃, 꽃은요」), "늙어/ 분홍 팬티가 부끄러운/ 어머니도/ 한 때는/ 꽃이었다는 것을,"(「꽃의 귀뜸」), "새끼들 잘되라/ 시장 바닥에서 팔만 번 머리 숙이던/ 어머니의 잠언을 깨쳤기 때문이다"(「겸손」), "아, 어머니/ 나의 달빛이었고 / 빗방울이었고/ 파도였고/ 봄이었습니다"(「사모곡」)… 이처럼 시인은 늙어서 분홍 팬티를 부끄러워하던 어머니를, 자식들 잘되라 팔만 번 머리 숙이던, 나의 달빛

이고 빗방울이고 파도였고 봄이었던 어머니를 통하여
자연과 인간의 공존을 펼쳐내고 있다.

> 뭐 눈에는
> 똥만 보이고
>
> 뭐 눈에는
> 황금만 보이나
>
> 뭐 눈에는
> 詩만 보여야 하리라
>
> 황금을 봐도
> 똥으로 보는 깨끗한 눈이여
>
> 똥을 봐도
> 詩로 보이는,
>
> 詩가 밥이 되는
> 그대 이름은 시인이라

― 「똥만 보이는」 전문

'예술은 무보상의 활동이며 목적 없는 목적성의 소산인 것이고 보상을 전제로 할 때 세속적인 상품에 지나지 않지만 보상을 무시할 때 예술은 창조성이 빛을 발하게 된다.'는 칸트의 이론을 상기해 본다. 무릇 시인의 눈에는 시만 보여야 하고, 똥을 봐도 시로 보이는, 하여 시가 밥이 되는 시인을 꿈꾸고 있다. 시가 밥이 되는 세상은 얼마나 아름다운가, 우리는 여기서 이용우 시인의 결기를 엿볼 수 있다. 시가 종교이고 시가 생활이고 시가 전부이길 열망하지 않고서야 어떻게 똥을 봐도 시로 보이겠는가? "나의 시는// 똥줄타/ 냄새 고약한,// 한 덩이/ 똥이거나// 똥구녁의/ 쓰라림이거나"(「똥줄」)에서는 시인의 고뇌를 이처럼 해학적이고 직설적으로 표현해내고 있기도 하다. 시인은 나짐 히크메트의 말을 인용하여 시에 대한 열망의 불꽃을 사른다. '세상에 가장 좋은 시는 아직 쓰여지지 않았다.'

찌엉 찡…

겨우내 배를 부풀리더니
자궁이 수축을 시작한다

태아의 마지막 몸짓이 시작되자
분홍빛 이슬이 맺히고
초보 엄마의 배가 으르릉대며
수중 분만 중이다

쩌엉 쩡,
기괴한 비명에
허리 꺾인 갈대는 파들대고
하늘이 잠시 노래지더니

산야에 봄을 싸질러 놓았다
몸 푼 강은
바다를 향해 뒤척거리고
　　　—「해빙」 전문

　평택강과 마주하고 사는 시인은 겨울 강가를 서성이
는 날이 많았을 것이다. 겨우내 배를 부풀리기 위해 쩌엉 쩡 울어대는 강의 소리에 밤을 지샜을 것이고 우는 강을 때리는 바람의 폭력에 조바심도 냈을 것이다. 만삭으로 치닫던 강이 분만을 시작하고 산야에 봄을 싸질러 놓았다고 시인은 말한다. 시적 인식을 효과적으로 표현하기 위해 구체성 있는 필치로 사물의 보이지 않는 특성을 살피듯 혹독한 겨울 끝에 오는 봄의 희망을 말하고 있다. "태아의 마지막 몸짓이 시작되자/ 분홍빛 이슬이 맺히고"라고 진술함으로써 시인으로 거듭나기 위한 내면의 고통을 에둘러 표현했으리라.

　　무근, 뒤틀린 뿌리가 되어
　　꽃을 피우다

　　뻣대 배긴 이파리
　　무청도 될 수 없는

　　하얀 절망으로
　　땡볕 똬리를 틀어 이고
　　끝내 씨앗을 품는다

나비와 춤을 추는
오월 남새의 날개여

뙈기밭 한 이랑 내어준
노을빛 가난으로
아낙의 해거름이 뜨겁다
―「장다리꽃」 전문

　시인의 시적 대상과의 교감은 자연스러우면서도 예리하다. 장다리꽃을 통해 한 여인의 삶을 그려내고 있다. 대상의 슬픔을 장다리꽃의 이미지로 포착하여 심리적 교감을 이끌어낸다. "뼛대 배긴 이파리/ 무청도 될 수 없는"은 작품 전체를 아우르는 아픔이다. 척박한 환경에서 억척스럽게 견뎌내야 하는 삶의 구조이지만 끝내 씨앗을 품음으로써 현실을 극복하고자 하는 의지가 엿보인다. "노을빛 가난으로/ 아낙의 해거름이 뜨겁다"고 말한 대목에서 시인의 내면적 감성과 문학적 상상력이 돋보인다. 대상과 은밀하게 내통하며 자신의 시적 공간을 확보하고 있다.

은근짜 같은
여자

살포시
안아보고 싶다
　　— 「낮에 핀 달맞이꽃」 전문

　'은근짜'를 국어사전에서 찾아보니 "몰래 몸을 파는
여자를 속되게 이르는 말"이라고 나온다. 달맞이꽃은
낮엔 오므려져 있다가 밤이 되면 활짝 꽃문을 열며 수
정을 거치지 않고 정세포 혼자 배를 만드는 단위생식
으로 번식하는 꽃이다. 안쓰럽게 낮에 핀 달맞이꽃을
살포시 안아보고 싶은 시인은 얼마나 설레였을까? 시
인은 '은근짜'라는 단어를 찾아내고 즐겁고 행복했었
다고 했다. 4행의 짧은 시에서 많은 이야기를 건네고
있다. 시인의 개성이 잘 드러나는 시편이고 많은 여운
이 남겨지는 시이다. 이용우 시인만의 능력이고 통찰
력이다.

　　나 늙거든,

시멘트 처 먹이고
주삿바늘
꽂지 마라

그냥
내 명대로 살란다
— 「나무의 유언」 전문

몇백 년 수령의 고목이 깁스하고 목발 짚고 수액 꽂
고 얼마간의 이파리를 피워내면서 버티고 있는 것을
보게 된다. 때론 안쓰럽고 때론 위대하다. 살아 있으
니 살리려는 것인지, 살리려고 노력하니 살아 있는 것
인지 힘겨워 보이는 것은 사실이다. 시인의 목소리는
간결하고 명료하다. 군더더기 없이 깨끗하다. 나무의
유언이라기보다는 시인의 유언이고 우리들의 유언에
대한 은유이다. 연명치료를 거부하겠다는 의지다. 중
환자실에서 호스 몇 개씩 매달고 연명하기보다는 타
고난 명만큼 살겠다는 의지다. 나무를 통해서 자기 내
면의 메시지를 전달하고 식물과의 교감을 통해 자아

를 성찰하고 존재를 응시한다.

"그대는/ 엉덩방아를 찧고서야/ 허리춤을 풀고 오줌을 누웠다// 노루귀가 뱅긋 웃었다"(「봄이 왔다」)의 현상과 이미지를 통해 사물을 직시하고 내면의 회상과 기억을 꺼내 창조적 기원으로 삼는다. "연못 터지도록 내뻗는/ 새파란 욕망,// 두렵다// 저 꽃,/ 꼬리가 아홉이다"의 「연꽃」에서 보여주는 시인의 시선은 날 선 도끼처럼 예민하고 날카롭다. 연이 번식하는 곳에서는 다른 식물들이 살 수 없음을 알아챈 시인은 연의 탐욕을 빗대어 꼬리가 아홉인 두려운 식물이라고 일갈하며 시인만의 영역을 개척해 나간다.

> 참새 한 마리가
> 여물을 얻어먹고는
> 소머리 위로 사뿐 올라앉아
> 조동아리를 나불댔다
> '내 고기 한 점이 네 고기 한 근보다 낫다'
> 그날 저녁,
> 소등 타던 이 집 소년은

참새구이를 아작댔고

외양간 소는 이 일을 곱씹었다
—「입방정」전문

　은유는 단호해야 하고 폭발력이 있어야 하고 날카
로워야 한다. 「입방정」이 그렇다. 참새와 소의 우화를
통해서 언어의 가벼움이 어떤 화를 불러오는지 극명
하게 보여주는 교훈적 작품이다. '내 고기 한 점이 네
고기 한 근보다 낫다'는 일상의 한정된 주제를 확장시
켜 상상의 유동성을 가동함으로써 시적 사고량을 확
장하며 시인은 언어의 마술사라는 것을 증명한다. "외
양간 소는 이 일을 곱씹었다"라는 대목에서 알 수 있
듯 개성적 화법과 표현으로 사물에 접근하는 방법을
보여주고 있다

너와 내가
마주 바라볼 때
너의 왼쪽 눈은
나의 오른쪽 눈을 본다

너의 서쪽은
나의 동쪽이 되고

그 사이에 섬이 있다지

너에게 슬픔의 달이 떠오르면
나에게 있는 해의 밝음을
전해주려니

내 은빛 그리움도
물이랑 따라
야자수 해변으로 가리라

너는
어느 봄꽃으로 마중할까?
―「너의 서쪽은 나의 동쪽이 된다」전문

　너와 내가 주제에 헌신적으로 개입하면서 상상의
울림이 증폭되고 있다. "너와 내가/ 마주 바라볼 때/

너의 왼쪽 눈은/ 나의 오른쪽 눈을 본다"처럼 대상을 따뜻하게 어루만지며 서로의 관계를 소통시킬 수 있는 공간을 확보하고 있다. "너의 서쪽은/ 나의 동쪽이 되고// 그 사이에 섬이 있다지"라고 시인의 내밀한 고백이 시각적 회화성을 통해서 사랑을 노래한다. 섬이라는 절묘한 배치로 낯선 것을 익숙하게 그려내며 시인의 철학이 저공 비행하고 있다.

　　날 저물면
　　고향 가고 없다

　　둥근 멍석에
　　옹기종기 모여앉아
　　애기꽃 피우다
　　날새니
　　타향이구나
　　　―「꿈에 간 고향」 전문

　시인의 고향은 예산이다. 어릴 적 뛰어넘던 지지랑물이 생각난다고 했다. 고향을 떠난 지 오래지만 꿈에서도 그리는 고향이다. 서정의 바탕 위에 그려진 고향은 향수다. "날 저물면/ 고향 가고 없다"며 꿈속 여행을 시작했던 시인은 "얘기꽃 피우다/ 날새니/ 타향이구나"라며 꿈에서 깬 것을 아쉬워한다. 독백적 화법이 몽환적으로 그려지면서 고향에서의 옛 추억을 되짚어 보고 싶어 하는 시인의 간절함이 그대로 묻어난다.

한 알의 도토리,

그 안에
떡갈나무
서
있다
— 「떡갈나무」 전문

한 알의 도토리를 통해서 나무를 들여다보는 시인의 시력을 읽는다. 떡갈나무에서 후드득 떨어져 산짐승의 먹이가 되고 숲이 되고 오전의 그림자를 오후로 넘기며 기록했을 숲의 내력을 상상해 보는 일, 한 알의 도토리에 담긴 새의 노래와 구름의 전언과 숲의 수런거

림을 동글동글 굴려 보았을 시인, 도토리 안에 떡갈나
무 서 있다는 이미지 변환과 이야기 변환이 함께 어울
어지면서 나무의 근원을 찾고자 하는, 사물적 감각이
확보되고 공상적인 풍부함이 시의 풍미를 더한다.

　　사내의 시선이 머무는 자리까지

　　(툭, 던지는 여자의 예감…)

　　순간
　　한 눈 팔아
　　외도外道를 해도
　　풀치는 목소리

　　그녀의 앙탈에 헛심도 빼지만
　　맵시도 내주며
　　믿고 동행하는 건

　　작은 것을 고집하지 않는
　　조강지처여서라나

뜨막한 터치에도
까르르 넘어가 험한 길 헤쳐가고
끝내는 사내의 발치에
후드득 지는 여인아
　―「레비게이션」 전문

　이야기에 맵시가 있다. 레비게이션은 길 안내자이
다. 더러는 지름길을 놔두고 돌아가게도 하지만 현대
인의 필수품이 되었다. 시인의 레비게이션은 조강지
처다. 그녀는 한눈을 팔아 외도를 해도 봐주고, 뜨막
한 터치에도 까르르 넘어가 험한 길 헤쳐가고 끝내는
사내의 발치에 후드득 지는 여자다. 시인의 가슴을 통
과한 말들이 아내의 이야기를 은근슬쩍 레비게이션으
로 풀어낸 것이다.
　시의 이정표를 세우고 달려가는 길 위에서 시인은
많은 것을 만나고 경험하게 된다. 시인의 말들은 순수
하고 맑다. 풀치는 목소리와 같이 순우리말을 작품 곳
곳에서 만나게 되고 절제된 언어와 문장으로 시를 짓
고 있다. 시집의 전체적인 구성을 보면 의식 속에 울

림의 힘이 있고 수사의 정확성과 마주하게 된다. 문장
이 단순 묘사로만 사용된 부분이 없고 수사 자체가 주
제로 동화되고 있다. 이야기의 주제가 직선으로 흐르
면서 집중력이 있고 언어의 근육질이 단단하다. 문패
도 없는 시인이라고 말하는 그가 흘러가는 평택 강물
처럼 쏟아낸 주옥 같은 시편들 중 「너에게」 전문을 옮
겨 적으며 시평을 마친다.

    그대
    떠난 날

    달보고
    울다
    낮달도 보았다

이용우

이용우 시인은 1960년 충남 예산에서 출생했고, 2023년 『애지』 신인문학상으로 등단했으며, 현재 시원문학회 동인으로 활동하고 있다.

이용우 시인의 첫 번째 시집인 『너의 서쪽은 나의 동쪽이 된다』는 '나와 너', '인간과 인간', '적과 동지', '선과 악', '남과 여', '좌익과 우익' 등 이분법적인 사고방식을 극복하고, 그 종합적이고 총체적인 시선을 통하여 이 세상의 사랑과 믿음과 행복을 추구하게 된다.

"詩는 본디 그 짧음이 격格이고 맵시다"라는 신념과 시론에 따라 그의 언어는 인간과 사물의 본질을 꿰뚫어보는 시금석試金石이 된다. 시는 불이고, 활화산이고, 천지창조의 신호탄이다.

이메일   pt0823@hanmail.net

이용우 시집
너의 서쪽은 나의 동쪽이 된다

발 행	2024년 3월 1일
지 은 이	이용우
펴 낸 이	반송림
펴 낸 곳	도서출판 지혜
	계간시전문지 애지
기획위원	반경환 이형권
주 소	34624 대전광역시 동구 태전로 57(삼성동), 2층 도서출판 지혜
전 화	042-625-1140
팩 스	042-627-1140
전자우편	eji@ji-hye.com
	ejisarang@hanmail.net
애지카페	cafe.daum.net/ejiliterature

ISBN   979-11-5728-534-1   03810
값   13,000원